KB197565

폭죽

하계회

베아트리스 루에

프랑스 북부 지방에 살고 있는 베아트리스 루에는 신문학을 전공하고, 지금은 어린이책 쓰는 일을 하고 있다. 그녀가 쓴 작품으로는 『우리 엄마한테 이를 거야』, 『수영장 사건』, 『우리 아빠가 제일 세다』, 『머리에 이가 있대요』, 『이제 너랑 절교야』, 『수학은 너무 어려워』, 『내 남자 친구야』 등이 있다.

로지

어릴 때부터 월트 디즈니의 만화 주인공들을 그리며 놀길 좋아했던 로지는, 프랑스의 한 출판사에서 일한 적이 있다. 또, 그는 몇몇 영화의 시나리오를 쓰기도 했으며, 많은 만화 주인공을 만들어 내기도 했다. 지금은 여러 신문사와 출판사의 일러스트레이션을 담당하고 있으며, 광고 일러스트레이션도 하고 있다.

최윤정

1958년 서울에서 태어났다. 연세대학교와 파리3대학에서 불문학을 공부했다. 두 아이들을 키우면서 어린이책에 눈을 떴다. 『책 밖의 어른 책 속의 아이』로 어린이책에 대한 작업을 시작하여 지금은 어린이 청소년 문학 전문 출판사 '바람의아이들' 대표로 있다. 프랑스와 한국을 오가면서 아이들과 책과 교육에 대해서 부단히 성찰하고 작가, 편집자, 사서, 교사 등 좋은 사람들과 교류하면서 우리 어린이 문학의 발전을 꾀하고 있다. 그동안 쓴 책으로 『양파 이야기』, 『미래의 독자』, 『슬픈 거인』, 『그림책』 등이 있으며 『글쓰기 다이어리』, 『딸들이 자라서 엄마가 된다』, 『내 꿈은 기적』 등을 번역했다. 2010년 프랑스 정부로부터 문화예술 공로 훈장을 받았다. 현재 독자들과 소통하기 위하여 블로그를 운영하고 있다.

http://blog.naver.com/ehjnee

폭죽 하계회

1판 1쇄 펴냄—1996년 11월 14일, 1판 36쇄 펴냄—2021년 9월 10일
2판 1쇄 찍음—2022년 6월 10일, 2판 1쇄 펴냄—2022년 6월 20일
글쓴이 베아트리스 루에 그린이 로지 옮긴이 최윤정 펴낸이 박상희 편집주간 박지은 펴낸곳 (주)비룡소
출판등록 1994. 3. 17. (제16-849호) 주소 06027 서울시 강남구 도산대로1길 62 강남출판문화센터 4층
전화 영업 02)515-2000 팩스 02)515-2007 편집 02)3443-4318,9 홈페이지 www.bir.co.kr
제품명 어린이용 각양장 도서 제조자명 (주)비룡소 제조국명 대한민국 사용연령 3세 이상

ISBN 978-89-491-6230-0 74800/ ISBN 978-89-491-5986-7 (세트)

* 이 책의 제목은 작품의 의미를 살리기 위해 '폭죽 학예회'를 '폭죽 하계회'로 표기했음을 알려 드립니다.

폭죽 하계회

베아트리스 루에 글 · 로지 그림 | 최윤정 옮김

비룡소

트랄랄라. 제니퍼랑 나는

검정 바탕에 형광 무늬가 있는

멋진 체조복을 입고,

선생님이 틀어 주신 음악에 맞춰

우아하게 팔다리를 움직여 보고 있었다.

보름만 있으면 학예회 날이다.
우리는 열심히 연습하는 중이다.
난 기분이 좋다.
무용은 원래부터 좋아하는 데다
제니퍼가 내 짝이 된 것이다.

제니퍼는 나랑 가장 친한 친구다.

그리고 요새는 통 싸우지 않는다. 둘이서

새끼손가락 걸고 '평생 리키키'를 했으니까…….

'평생 리키키'가 무슨 뜻이냐면, 죽을 때까지

사이좋게 같이 놀자고 맹세를 한다는 뜻이다.

쿵짝이 맞아서 신이 난 우리들을 심술궂은

얼굴로 못마땅하게 쳐다보는 아이가 있었다.

바로 선생님 아들, 올리비에였다!

올리비에는 투덜거렸다.

"에이, 시시하게 무용이 뭐야.

그렇지 않아도 난

하계회 같은 건

딱 질색이란 말이야!"

"하계회가 뭐니? 학예회지."

"잘났다! 하계회나 학예회나

그게 그거지 뭐!"

이때 마침, 선생님이 나타나셨다.

"올리비에, 자, 이제 네 차례다.

올라가서 트럼펫 한 곡조만 연주해 보렴."

올리비에는 폼을 잔뜩 잡으면서
트럼펫을 들고 무대로 올라갔다.
올리비에가 트럼펫을 배우기 시작한 지는
겨우 일 년밖에 안 되었다.
난 올리비에가 너무 멋있어 보였다.
당연하다. 우리는 사랑하는 사이니까.

올리비에는 마른기침을 세 번 하더니,
트럼펫을 입에다 갖다 댔다.
흡, 아무 소리도 안 났다. 불고 또 불었지만
아무 소용이 없었다. 올리비에는 얼굴이
시뻘게지도록 불었지만, 트럼펫에서는
아무 소리도 나지 않았다.

애들이 다 깔깔 웃기 시작했다.
서커스에 나오는 광대가
일부러 못 부는 척할 때 같았다.
어떤 애는 트럼펫이 가짜냐면서 막 놀렸다.

물론, 올리비에는 일부러 그러는 게
아니었다. 기분 나쁜 얼굴로 무대에서
내려온 올리비에는 발을 쾅쾅 구르면서
이렇게 말했다.
"어디, 내가 하계회 때 이 트럼펫을
부나 봐라!"

선생님도 올리비에만큼 답답해하시는 것 같았다.

"올리비에, 네가 사람 많은 데서

연주를 안 해 봐서 그럴 거야.

다들 쳐다보고 있으니까 떨리지?

연습하면 괜찮아질 거야.

내일, 다시 한번 해 보자, 응?

두고 봐, 내일은 잘될 거야."

"싫어요, 싫어! 안 할 거야!

저, 이제 다시는 트럼펫 안 불 거예요!"

그렇게 떼를 쓰더니 올리비에는
밖으로 나가 버렸다. 그러고는
운동장에 가더니 돌멩이를 마구 차 댔다.
조금 있으니까 갑자기 어디서
'쾅' 하고 큰 소리가 들렸다.
올리비에가 폭죽을 터뜨린 것이다!
나는 깜짝 놀라서 기절할 뻔했다.
학교에서 폭죽을 터뜨리는 것은
절대 금지이기 때문이다.

가장 먼저 선생님이 뛰어나갔다.

그리고 아들 올리비에한테 가서

남아 있던 폭죽을 모두 빼앗았다.

땅바닥에 터져 있던 폭죽에서는

채 꺼지지 않은 불꽃이 사그라들고 있었다.

올리비에가 안됐다!
걔는 오늘, 정말 되는 일이 하나도 없었다.
마음을 좀 달래 줄까 하고 나는,
수요일에 우리 집에 와서 같이
놀자고 했다. 그러나 올리비에는
울상이 되어 이렇게 대답했다.
"안 돼, 난 못 가.
트럼펫 배우러 가는 날이거든."

그럼 할 수 없지. 수요일에, 나는
제니퍼를 오라고 했다. 우리는 둘이서
팔짱을 끼고 동네 가게마다
기웃거리면서 진열장에 놓인 물건들을
구경하고 다녔다.

사탕 가게를 지나면, 문방구가 있고,
문방구를 지나면, 아이스크림 가게가 있고,
아이스크림 가게를 지나니까, 가죽 가방이랑
멋진 동전 지갑을 파는 가게가 나왔다.
그다음 집은 장난감 가게였다.

장난감 가게에는 오랫동안 들여다볼 게 많다.

그 가게 진열장 앞에서

어디서 많이 본 듯한 남자애가

진열장에 놓여 있는 폭죽을 정신없이

바라보고 있었다.

올리비에는 우리를 보더니
깜짝 놀랐다.
"어, 움, 저기……."
"너 오늘 트럼펫 배우러 안 가니?"
"안 가! 가기 싫어!"
"엄마한테 안 혼나?"
"우리 엄마는 모르셔."

그러자 제니퍼가 무시하는 말투로
이렇게 말하는 것이었다.
"난 다 알아, 올리비에가 왜 그러는지.
기가 죽어서 그러는 거야.
연주를 너무 못해서 창피하니까
괜히 무대에서 떨리는 척이나 하고 말이야.
애들이 자기가 트럼펫 못 부는 줄 알면
놀릴까 봐 일부러 그러는 거야."

내 남자 친구 일이니까,

나는 가만히 있을 수 없었다.

그래서 나서서 올리비에 편을 들어주었다.

"모르면 가만히나 있어라.

올리비에가 얼마나 잘 부는데."

"잘 불긴 뭐가 잘 불어. 순 허풍이지."

나는 하마터면 '너나 허풍이다!'라고

할 뻔했다. 안 그러기를 정말 다행이다.

'평생 리키키'가 깨지면 큰일이니까.

그러자 올리비에는 화가 나서 얼굴이

시뻘게지더니 소리를 꽥 질렀다.

"내가 트럼펫을 못 분다고! 허풍이라고!

어디, 정말 한번 볼래?"

올리비에는 가방을 확 열더니 트럼펫을
꺼내는 것이 아닌가! 진열장에다
등을 대고 서서, 「무엇이 무엇이 똑같은가」,
「생일 축하합니다」 그리고 「떴다 떴다 비행기」를
크게 연주했다. 너무나 멋있었다!
연주가 끝나자 모두 박수를 쳤다.

구경하느라고 모여 있던 다른 사람들도

우리랑 같이 박수를 쳐 주었다.

그런데 정말 신나는 건,

구경하던 사람들이 트럼펫 가방 속에다가

동전을 던져 넣어 주었다는 것이다.

적어도 폭죽 다섯 개는

살 수 있는 돈을!

눈 깜짝할 사이에 올리비에는
가게 안으로 들어가 버렸다.
장난감 가게에서 나올 때 그 표정을
다 같이 봤어야 하는 건데…….
올리비에는 장난감 가게에서
나오자마자 가방을 집어 들고 쏜살같이
달아나 버렸다.

나는 소리쳐 말했다. "어디 가는데?"
"트럼펫 배우러 가야지. 빨리 가야 돼!
지각이란 말이야."

"그럼 트럼펫 그만두지 않는 거야?"
"내가 그만두긴 왜 그만두니?
이렇게 돈까지 벌었는데!"
"학예회도 나갈 거야?"
그러자 올리비에가 깔깔 웃음을 터뜨렸다.
"두고 봐. 팡팡 하계회가 될 거야.
트럼펫 연주에다가 폭죽이 팡팡거리는
소리에다가 아주 멋진 폭죽 하계회가 될걸!"

난 책읽기가 좋아 초록 단계

7세 이상 / 총 45권

글을 막 깨쳐 책을 혼자 읽기 시작하는 아이들을 위한 동화.
책 읽는 습관을 저절로 키워 주는 재미 가득한 이야기들의 모음.

개구리와 두꺼비가 함께 아놀드 로벨 글·그림/ 엄혜숙 옮김
개구리와 두꺼비는 친구 아놀드 로벨 글·그림/ 엄혜숙 옮김
개구리와 두꺼비의 사계절 아놀드 로벨 글·그림/ 엄혜숙 옮김
개구리와 두꺼비의 하루하루 아놀드 로벨 글·그림/ 엄혜숙 옮김
괴물이 나타났다
다니엘 포세트 글·에르베 르 고프 그림/ 최윤정 옮김
길을 가는 메뚜기 아놀드 로벨 글·그림/ 엄혜숙 옮김
꼬마 돼지 아놀드 로벨 글·그림/ 엄혜숙 옮김
꼬마 스파이더 박하잎 글·그림
내가 제일 큰형이야 공문정 글·박정섭 그림
내 사랑 생쥐
베아트리스 루에 글·세르주 블로흐 그림/ 김현주 옮김
노랑이와 분홍이 윌리엄 스타이그 글·그림/ 조세현 옮김
마코가 주는 선물
간자와 도시코 글·가타야마 켄 그림/ 양선하 옮김
말썽꾸러기 로라 필립 뒤마 글·그림/ 박해현 옮김
말썽쟁이 티노를 공개 수배합니다 이영서 글·조우영 그림
무서운 꿈, 덤벼 봐! 에밀리 테트리 글·그림/ 노은정 옮김
뭐 이런 손님이 다 있어! 마티아스 조트케 글·그림/ 이현정 옮김
뭐든지 무서워하는 늑대 안 로카르 글·엄혜원 그림/ 김현주 옮김
분홍이 어때서 하신하 글·박보미 그림
빗방울 공주 벵자맹 쇼 글·그림/ 이경혜 옮김
생쥐 수프 아놀드 로벨 글·그림/ 엄혜숙 옮김
생쥐 이야기 아놀드 로벨 글·그림/ 엄혜숙 옮김
세상에서 가장 무서운 내 짝꿍 이용경 글·원혜진 그림
세상에서 가장 소중한 내 보물 이용경 글·원혜진 그림
심술쟁이 버럭영감 강정연 글·김수현 그림
아기 곰 마코 간자와 도시코 글·가타야마 켄 그림/ 양선하 옮김
야구왕 돼지 삼 형제 소중애 글·인강, 해영 그림
어린 양 오르넬라 아고스티노 트라이니 글·그림/ 이승수 옮김
엠마가 학교에 갔어요!
수지 모건스턴 글·세브린 코르디에 그림/ 이세진 옮김
엠마는 할머니가 좋아요!
수지 모건스턴 글·세브린 코르디에 그림/ 이세진 옮김
엠마의 비밀 일기
수지 모건스턴 글·세브린 코르디에 그림/ 이세진 옮김
엠마의 아주 특별한 저녁
수지 모건스턴 글·세브린 코르디에 그림/ 이세진 옮김
완두콩, 너 멜론 맛 알아?
다카도노 호코 글·오타 다이하치 그림/ 고향옥 옮김
우후의 빨간 썰매
간자와 도시코 글·이노우에 요스케 그림/ 권위숙 옮김
원숭이 동생 이토우 히로시 글·그림/ 김난주 옮김
원숭이는 원숭이 이토우 히로시 글·그림/ 김난주 옮김
원숭이의 하루 이토우 히로시 글·그림/ 김난주 옮김
이런 동생은 싫어!
로리 뮈라이유 글·장 노엘 로쉬 그림/ 조현실 옮김

집에 있는 부엉이 아놀드 로벨 글·그림/ 엄혜숙 옮김
코끼리 아저씨 아놀드 로벨 글·그림/ 엄혜숙 옮김
토끼 빵과 돼지 빵
오자와 다다시·니시카와 오사무 그림/ 고향옥 옮김
파리 먹을래, 당근 먹을래?
마티아스 조트케 글·그림/ 이현정 옮김
프라이팬 할아버지
간자와 도시코 글·호리우치 세이치 그림/ 고향옥 옮김
학교가 뭐가 무섭담!
다니엘 포세트 글·프레드릭 레베나 그림/ 이경혜 옮김
학습지 쌤통 김영미 글·정진희 그림
행복한 목수 비버 아저씨
마조리 W. 샤맷 글·릴리언 호번 그림/ 이원경 옮김

★ 계속 출간됩니다.

난 책읽기가 좋아 주황 단계

초등학교 저학년 이상 / 총 97권

책 읽기와 글쓰기에 길잡이가 되어 주는 동화. 논술을 시작하는
아이들에게 생각의 길잡이가 되어 주는 이야기들의 모음.

갑자기 악어 아빠 소연 글·이주희 그림
거짓말을 먹고 사는 아이
크리스 도네르 글·필립 뒤마 그림/ 최윤정 옮김
괴물 길들이기 김진경 글·송희진 그림
깊은 밤 필통 안에서 길상효 글·심보영 그림
깊은 밤 필통 안에서 2 – 까만 연필의 정체
길상효 글·심보영 그림
꼬마 철학자 우후
간자와 도시코 글·이노우에 요스케 그림/ 권위숙 옮김
꽝 없는 뽑기 기계 곽유진 글·차상미 그림
나는 임금님이야 이미현 글·이지선 그림
나무 위의 아이들
구드룬 파우제방 글·잉게 슈타이네케 그림/ 김경연 옮김
내 남자 친구야 베아트리스 루에 글·로지 그림/ 최윤정 옮김
내 동생은 미운 오리 새끼 류호선 글·한지선 그림
내 맘대로 선생님 만들기 소중애 글·김이조 그림
내 머리에 햇살 냄새 유은실 글·이현주 그림
너, 그거 이리 내놔!
티에리 르냉 글·베로니크 보아리 그림/ 최윤정 옮김
너, 누구 닮았니? 로리 뮈라이유 글·오딜 에렌 그림/ 최윤정 옮김
놀기 과외 로리 뮈라이유 글·올리비에 마툭 그림/ 최윤정 옮김
늑대들이 사는 집 허가람 글·윤정주 그림
다락방 명탐정 1 – 도깨비방망이를 찾아라!
성완 글·소윤경 그림
다락방 명탐정 2 – 구미호 실종 사건 성완 글·소윤경 그림
다락방 명탐정 3 – 사라진 여우주 성완 글·소윤경 그림
달마시안 선생님 류호선 글·한지선 그림
대박 쉽게 숙제하는 법 천효정 글·김무연 그림
도대체 넌 뭐가 될 거니? 황선미 글·신현경 그림
두근두근 걱정 대장 우미옥 글·노인경 그림